中国专业作家作品典藏文库

中国专业作家作品典藏文库
邹静之卷

邹静之的诗

邹静之/著

中国文史出版社

邹静之

目　录

第一辑　颗　粒

春天 ……………………………………………… 3

独行 ……………………………………………… 6

精神或一些人的争论 …………………………… 8

在车站碰到采石工人 …………………………… 9

在夜晚，梦见大树被砍倒 ……………………… 11

在黑夜 …………………………………………… 12

吹动 ……………………………………………… 13

天空落下白雪 …………………………………… 14

海星 ……………………………………………… 15

春草 ……………………………………………… 16

白马 ……………………………………………… 18

达尔罕的月亮 …………………………………… 20

一个故事 ………………………………………… 22

想起 ·························· 24

钟声切碎 ······················ 26

搅拌机摇晃 ···················· 27

机器 ·························· 28

今夜 ·························· 30

没有 ·························· 31

沱沱河献诗 ···················· 32

在茶卡 ························ 34

过大格勒 ······················ 36

雨打在路上 ···················· 38

天上的云正从她家的柿树上过 ······ 40

挽歌 ·························· 42

一九九三年五月三十一日 ·········· 44

节奏中的永远 ·················· 47

第二辑　金　钹

金钹 ·························· 53

追逐 ·························· 55

搓玉米 ························ 57

火车穿过山洞 ·················· 59

一个念头 ······················ 61

雪化了 ························ 63

有人骑马从南山来 ……………………… 65

深夜醒来 ……………………… 67

风吹 ……………………… 69

五道梁上的新兵 ……………………… 71

九月 ……………………… 73

这样 ……………………… 76

疼 ……………………… 77

打鼓的女人 ……………………… 79

想到 ……………………… 81

秋光 ……………………… 83

图画展览会 ……………………… 87

七和弦 ……………………… 99

第三辑　果　　实

语录时代的颗粒 ……………………… 105

欢笑 ……………………… 113

小灯 ……………………… 118

从天堂伸出的手 ……………………… 125

那片土地 ……………………… 128

木锨 ……………………… 130

麦子熟了 ……………………… 132

喊牛 ……………………… 134

出生 ……………………………………… 136

列车 ……………………………………… 138

夜歌 ……………………………………… 140

简单的问题没有答案 …………………… 142

门外 ……………………………………… 144

距离 ……………………………………… 147

医生 ……………………………………… 149

犁铧 ……………………………………… 151

玫瑰 ……………………………………… 152

读过铭文 ………………………………… 153

回来时 …………………………………… 154

读书 ……………………………………… 155

人群 ……………………………………… 157

天空下 …………………………………… 159

中年（一） ……………………………… 161

中年（二） ……………………………… 162

西北 ……………………………………… 164

阳光从树叶上走过 ……………………… 165

他走了 …………………………………… 166

说给谁 …………………………………… 167

割麦人 …………………………………… 169

打铁 ……………………………………… 171

操琴 ……………………………………… 173

连枷 ………………………………………………… 175

织工 ………………………………………………… 177

第四辑　那　　些

山路 ………………………………………………… 181

另一个 ……………………………………………… 182

琴 …………………………………………………… 183

那些 ………………………………………………… 184

忧伤的曲调 ………………………………………… 185

软水 ………………………………………………… 187

鸟从天空投下影子 ………………………………… 189

翻一部书 …………………………………………… 191

春天的下午 ………………………………………… 192

雪天窗口 …………………………………………… 193

第 27 页 …………………………………………… 194

那里 ………………………………………………… 195

果实 ………………………………………………… 196

青海 ………………………………………………… 197

会这样 ……………………………………………… 198

走过 ………………………………………………… 199

你在远方 …………………………………………… 201

高处 ………………………………………………… 203

关于艾滋病 ……………………………………… 205

与牧羊人 ………………………………………… 212

戴草帽的人 ……………………………………… 217

几句话 …………………………………………… 231

第一辑　颗　粒

春　　天

我趴在地上，透过一道砖缝看到它红红的脸。
——母鸡要生蛋了，
我安静地等着那只蛋生出来当早饭。

春天从什么地方来了，
昨天，看见甸子里开出了蓝色的花，
它迅速的蓝色让人措手不及。
春天来了。

去套车，老孙头正在十点的阳光下喝早酒。
他手里有个很扁的瓶子，可以贴在胸脯上。
酒在瓶子里，比在他的肚子里更使他镇静，

我看过他没酒时不断咽口水的样儿，

没酒，他的手抖得停不下来。

现在他每喝一口酒，就对阳光照一下瓶子，

那些透过阳光的酒，在他热烈的目光下显得更香了。

我摘下牛蒲包，摸到了肮脏的油腻，

套绳连着很多零件但不乱。

我看见酒瓶子那面老孙头放大的一只眼睛，

在血丝的中心有混浊的瞳孔，

他的眼睛已经不亮了，像风里的一团沙粒。

槽梆里有昨天拉柴火落下的几粒山丁子，

苍老的红色，星星点点……

老孙头捡起了一粒，放在瓶子里，

他用这小的红色点缀着他亲爱的白酒。

……我看见了那只分娩的母牛。

那只叫黑花的母牛在阳光下站着，孤独地生着小牛。

小牛的一条后腿已经伸出来了，像根淋湿了的柞木棒。

母牛的叫声打在平原上。

老孙头瓶子背面的眼睛是那样冰冷。

小牛艰难地向这个世界退着，母牛抖动的腿

突然跪倒在我抱来的麦草上，

我觉得它可能要死了，大牛小牛都会死，

我拉着它的鼻绳，想让它站起来，它无力地叫着。

春天来了，就这么残酷地来了。

……老孙头把眼前的酒瓶送到嘴边，喝了最后的一口，
再看时，瓶子里只剩下一粒被泡大了的红山丁子。
他从腰上解下根绳子拴住小牛的后腿，然后
用一只脚蹬住了母牛用力拉着。
他的酒变成汗流在脸上，
他大声说着脏话，一声比一声高。
小牛像是被水冲了出来的，哗地落在地上，
活着的小牛，身上湿的，有胞衣，它一落地就想站起来。
老孙头累得脸白了，他抓过酒瓶的手不停地抖着，
那里一滴酒也没了。
他看着那颗红红的山丁子，想把它倒进嘴里，
山丁子滚来滚去的不出来。老孙头
拿起一棵麦草，用心地够着……
直到那颗红色的小果子在他的嘴里磨动。

小牛站了起来，春天啊！
春天来了。

想起叶赛宁的一首诗，诗的最后一节是这样的：
"云儿在狂叫，金齿般的高空在呼啸，
我歌唱，我祈求：上帝，生牛犊哟！"

独　　行

这世界被众人的手连接

我们包围了天堂

在远一些的地方

在中心相反的冬天

更高处，我看见

你在以往的日子里站立

相异于拖着衣袖、谈笑而过的古人

他们高声话语不是说给孩子听

我依旧那样，一个行窃的人
在圣贤的集市上，踽踽独行

精神或一些人的争论

把一只鸟抛进羽毛
它的肉身飞得可真高

一张纸上的鸟，有相同的姿态
只是那背景不够蓝

它让我在静寂中想到真实的高飞
那几乎是一种快捷的消失

这话要再说一遍也可以是这样
——你如果没有在人群中消失就没有飞高

在车站碰到采石工人

他们平静，褴褛

在站台上目睹别人在告别……

他们幸福，不必伸出手

碰多余的东西

在采石场，他们熟知

破开巨石的技艺，除了

时间，他们要与世界

拼最笨拙的力气

我不是他们中的一员

这种分配占卜一样神秘

正像有人被选作了上帝

有些人一生在为神像点灯

在夜晚，梦见大树被砍倒

在夜晚，梦见大树被砍倒
秀绿的枝叶砸在地上一下又一下
像幼时看到的一位武生
凛然扑倒在锣鼓的台口

是我最初的震动，超过
真实的死亡，他那样地扑倒
像一棵大树离开山岗
带着森林辽阔飞翔

在 黑 夜

在黑夜

嚼一只苹果

整个夜晚吃着

漆亮的果实

用暴力——深井也在矿区吃着

暗中的光华

接近皮肤的灯

眼睛，我说的是

世界在吞咽后

天会亮

吹　　动

乌鸦云集的夜晚
白雪的田野孤单寒冷
甚至没有微小的脚印
在纯洁上造访

马嚼着夜草
它竖起耳朵
听见风吹动着
农民的门窗

天空落下白雪

天空落下白雪
石头拼出火

在路上，你想——
需要有盐的穹顶
来腌制沉默

海　　星

海星这样死亡
在沙滩上
它闪烁着
干成石头

它是这样地
不肯掩饰
用悲愤指着
五个方向

春　　草

春草在去年的旧地
绿了，在驿站换马的早晨
回忆被忘记的一刻
新的春草绿了

单薄，坚定。它绿了
使看见的人低下头
向阳敏感的一块泥土上
春草，新的婴儿绿了

春草使过惯冬天的人
措手不及，他们熄灭火

看到春草漫向高处

比雪地荒凉

春草年年，被北方的钟声听见

被深处的种子看见

年年春草都不一样

譬如今年，它们压抑着忧伤

白　马

白马走上高坡

它白色的身体收尽黑夜

它带领整座雪原

走进清冷的早晨

白马，白色的生命

在雪原上融化

身体像风堆积的残雪

白马在远处

在雪原之上

它的皮毛在春天泛绿

那上边簇拥着野花

白马在风的喊声中
消失
那辆木制的大车
空着一匹白马的等待

达尔罕的月亮

你使我临近天庭

达尔罕，你遥远的名字

使我接近月亮

在这样的夜，空旷，独自

达尔罕，你漠视火和人声

黑暗，静止像往常一样

达尔罕的月亮，头顶的光芒

在照耀我吗？或只是面对草原

把光芒从我身上移开

达尔罕的月亮，你使一万年

都像这个夜晚

一样的风，一样的青草

一样的光辉清冷

一样的达尔罕

谁有力量走进你，喊你

使你答应

一个故事

给女儿读着那只灵犬的故事
冬夜的风从炉火边吹过
她安静地被那只狗带走
像将行的旅人，迷恋远方

她开始飞翔，在我的声音之上
和那只怀乡的狗一起
读过的文字被风送远
这使我在读书时感到孤独

这是真的，它带给女儿眼泪

她听着那只努力走回亲人的狗

而不能自持，她流泪时看着我

在她流泪时我们相互看着

想　　起

想起亲人

他们遥远的驿站和秋天

世代相传的别离

想起高处的寒冷

想起罗衣，轻抚的瑟

女人带走的夜，故事

她们的等待和悲凉

想起秋雁飞过流水

想起倦意，黑夜的醒

古道上的雪和路人

想起冬天将去

等待春来的恐惧

钟声切碎

钟声切碎
最后的骨头

假如你还想
用它来熬一锅汤
谁能再尝一遍自己

搅拌机摇晃

搅拌机摇晃
多少双手被它带动
在雨天的早晨
工人们浇铸水泥

马交出汗
风交出波动
为石子的位置
我们交出春天

机　　器

沉的，像工会或其他组织

转动，割坚硬的铁或

不硬的手，这些它不知道

制造者也不知道

机器，它的朴实来自

坚定，不温情，像批评和自我批评

使用者掌握开关，消磨

它的骨和齿

也可以放弃，在角落

在雨中。拆散它像内阁辞职

像毁灭发明者

给世界带来的悔恨

今　夜

今夜，天下的白发
在为你变黑

今夜，沙漠
能容下客人的晚宴
满月周围，是
大丽花的残影

今夜是这样的
一件神器——
苦读之后，易碎

没　有

没有终点
没有停止的闸皮
也没有坡道

可以更快地到达
没有人搭车
也没有警察和事故

路过河水，倒影
还有其他的东西
所有，已无暇一一说出

沱沱河献诗

——青藏高原之一

让我听你最初的心

水，你的流走多像一个

连续的名字

让我碰你的冰冷

逃走的花在呼唤时

也不回头

让我把声音放进你的百合

在水的锦绣上，让我

歌唱

让我感觉到醒

白雪融化，岩石开花

什么样的人才能接近源头

什么样的人在深处枕着河流

甚至不会再有相同的水

来清洗早晨

让我跟随，最终

接收你的专一和低吟，让我

听你最初的心，水

你的流走多像一个

连续的名字

在 茶 卡

——青藏高原之二

寒气从盐湖吹来

打动四野的牧人

四野的牧人放牧四野

星空漫下明亮的羊群

羊群走动带着歌唱

它们回头放出光芒

独自的牧人，独自站立

有多少夜风在穿透旧伤

最疼的不是眼泪

最远的夜声划过心肠

也许是二十年或者更早

一个少年也曾这样呆想……

这像在同一个夜晚

生命消失也不会改变

一样的荒野和冥想

只是浮云再次把它擦亮

过大格勒

——青藏高原之三

在箭镞的顶点

风磨着刀，在山峰和

浑圆的石上，风磨着刀

快刀，让沙粒也睁开眼睛

饥饿的草，荆棘，红柳

饥饿的风景，他们的朴素

无法改变，甚至最小的地鼠

也已远走他乡

谁守候着灯，太阳静观

远处的蜃景在
嘲讽荒凉，一条路
只是把繁荣的心带来

巨大的石头在滚动
像渴望着奔跑的眼球……
在戈壁，一个忽然而过的人
已被荒凉击伤

雨打在路上

——青藏高原之四

雨打在路上

雨的珠串

散落在草叶中

雨鼓动河流

在高原你走进雨

淋湿了飞翔的念头

雨有最薄的覆盖

马匹轻快

傲慢的骑手在雨中昂首

雨从更高的山岗接近
它们的敲打，像
绵密的诵经

像高原上最宁静的部分
——牦牛站立
白塔清亮透明

雨打湿了打不湿的
地方，雨升高着
在你看到阳光的一刻
雨去了哪里

天上的云正从她家的柿树上过

黑辫子，红头绳

戏剧中的装扮，她

使我想起一个女子叫喜儿

天上的云正从她家的柿树上过

那些红扣子

别在秋天的领口

"喜儿喜儿你睡着了？"

草屋下吃食的芦花鸡

一双布鞋对着她

"喜儿喜儿你睡着了?"
在北方，摇十棵树
不知哪一棵会应

挽　　歌

我将在秋天的傍晚死去

那是宁静到达的时刻

土地等待成熟的果实

秋天的力量，它的双手可以接收一切

我将在死去后进入黎明

那是不一样的光芒，清晨

还有人们醒来的不同

我的温热将与阳光相握

我将听到最后的风声和鸡鸣

离开尘世

在秋天什么能够阻止

成熟和决心

一九九三年五月三十一日

——献给一禾

在早晨给你写信

这是双重的开始

天上没有太阳，乌云盖顶

整个春天，大地不见雨水

凭一只什么样的手牵引

先是一张报纸，而后是诗集

在写出两行时，我才想起

那一年的今天，你穿着灰衣离开

在天的西北，黄昏还有飞鸟
你布置了荒凉的仪仗

苍白的烛焰，灼伤了
五月和五月的光

在昨天的草原，荻花追赶白马
你婴儿般光洁，来到而后拒绝

天下的风吹啊
天下的朋友在那一天走散

你被抬上了轨道
杰出的人，天上也需要

一个又一个，烧尸的侏儒
唱着驱赶灵魂的歌

在空旷的大厅，你
怎样掠过世界，怎样说出永远

离别的还要离别

生长已挣脱地面

开门后的空室，我看见你的位置
在书与尘土中间

那是一个方向，病
在弯曲中蔓延

阳光退后啊
青草涌向大海

你平躺在白色之上
又被白色覆盖

盲人的队列环绕
每一个时辰各个角落都收到了冰

……我心寒冷
生死各独单……

节奏中的永远

永远，一个孩子说着，他说永远
他对草和飞鸟说，他说
像庄严的独裁者，他说永远
用手指着山，太阳，河流
他说永远，那语言多么简短
他说，使衰草也盼望命名

永远，他说着火焰和贴近的手掌
红色的丝线缠绕着血脉
他拢起手向远处呼喊
通知驿马把这个词寄给他的人

永远——黑体字，鲜明。是永远
他指出星星，把黑夜也包括进来

他只用一根手指说永远
点铁成金。啊，永远，多少人等到这天
金子的唾液，钢花四溅，永远
他说，像套马的骑手，指向天边
在坟场人群起立，永远
他说，死亡再一次关闭

永远，他掌握了这个词，一个孩子
说着，像剧院的守门人使世界对立
他说，永远，轻声地说，永远
辉煌的事物就枯萎，在秋天
永远！伟大的卡拉斯在清唱，永远
那个孩子，他说，啊，永远

只用一根手指，他说，啊，永远
指着土地庄稼还有朴素的旅葵，永远
他们开始敲打，我们哭泣
你们宣誓，某些人沉默不语
永远永远，永永远远，巨大的歌咏

放弃了铁锹、怀中的恋人和钱币，啊，是这样

永远，说着唱着，他们歌咏，永远
那个孩子进入睡眠

第二辑　金　钹

金　钹

听见母亲在那间屋中祷告

嗡嗡的声音她说着什么

像金钹的每一声颤动

所有的话语是为了我们

那声音扩大了另一重天

那声音要把胸前的衣扣撑开

我感觉到心的磨坊旋转

天下的角落都分配到了爱

静寂中有两只相对的钟表

善良的尺子量过了时间

我知道房间的隔壁就是天庭

那些伟大的神灵也屏息在听

追　逐

追逐落日，一直向西

我和马群

挽救最后的希望

落日迎着我们下坠

最大的光芒

披挂山河的光芒

看它坚决地站立，而后

张开红色的怀抱

追逐，看着它消失

看着光芒的威仪走下山阶

暮色涌来

马群散开

搓 玉 米

我们在冬季搓着玉米

在冰雪中把那些粮食

搓落在怀里

我们的怀抱是生命的谷仓

它收藏黄金的籽粒

我们停顿时

拨弄火焰

它的光芒在风雪中间

这使寒冷的人停止歌唱

那一点温暖已在泥土中蔓延

我们在冬季

搓着玉米

把风暴搓碎把阳光收紧

春天从我们的怀中落下

沿着大地长成天涯的庄稼

火车穿过山洞

火车穿过山洞

车厢的灯亮了

火车穿过山洞的声音震动着车厢

一些人抬起头，让文字停顿在膝盖上

一些人从铺位上爬起

他们看到岩壁在窗外飞驰而过后躺倒

孩子放弃水果和山洞这个词

等待光亮和田野，他们

时而张大了嘴

时而看着灯

火车穿过山洞

直接驶入黑夜

这使习惯傍晚的人手足无措

他们走动着摆脱寂静

一些人去灯下读书，黑色的铅字升上天空

火车呼啸着出来时

孩子听到了声音被捉紧后吞下

火车疲惫的声音使不眠的人消瘦

在黎明之前

也使我不安

一个念头

夏天，大群的鸟在麦田起落
我想该扎几个草人
分布四野

只要我每天
调换草人的位置，鸟
就不会对危险陌生

我先用两根树杈
扎成十字，然后
用旧的衣裳来为它穿戴

可以把它们扮成

君王和修女

让它们在田野的角落日夜相望

我要在眼眶处写上眼睛

在嘴的位置写上嘴（我印象中的

鸟儿们认识字）

然后在每一棵麦穗上

写上毒药，这个夏天

是否就再看不见飞翔

也许可以更加简单

找一只死鸟

高高地挂在竹竿上

死亡那么残酷逼真

让每一个活着的都看到了结局

……我这念头刚一出现，鸟群飞快惊散

雪 化 了

雪化了，我在
阳光下整理轭具
牛马的气味，从
结实的绳索上传来

我用新麻编过的绳子
它植物的气味
现在已被毛皮磨光
劳动中，绳子也会出汗

牛马用力，纤维的
疼痛，无声耀眼

一车的风
拉过了冬天雪原

我整理着轭具
套在小牛肩上
它新鲜的蹄子
在泥地上微微打颤

有人骑马从南山来

有人骑马从南山来
那天我在深秋的田野
收白菜

他骑着一匹白马
远远立在山顶，那时
我放下白菜，想起了"塔"这个字

他一动不动，像是珍惜着
那个高度。太阳模糊
在我的左边，在他的右边

他的视野比我广阔

我曾走过那道山坡

此时他不会放低目光看我

我知道从那道坡上

走下来有多么地不愿

——塔从开始就惧怕倒塌

他将在日落的一刻下来

我会迎过去，平静地和他

谈一谈生活中的偶然

深夜醒来

深夜醒来，月光在头顶

它无声像一个巨大的人形

摸住的光可以是手，也可以是胸怀

今夜，它新得发亮

我想到了一只破碎的碗

那样地分开，一片一片

锋利的白可以割开皮肤

割破了月光我们能看见什么

我曾小心地剪开过一只蚕茧

看见蛹在梦中长出了翅膀

沉沉地安睡想着飞翔
它的疑问断在另一个疑问上

镜子的背面一物不见
黑影中长出音乐和诗篇
我知道这柔情软得像油
它浮在世界无言的表面

风　吹

仔细看着风吹一棵树

树身晃动

枝叶晃动

它说不

装卸工人

在秋天看见倒坍

工具在手上

大地低矮，平坦

风从北方开始

在南方一个孩子的玩具旁停止

风住时，对面教室的学生
在念着"慈祥，慈祥"

我不是风唯一的见证
枣树，柳树，杨树在风中也不一样
我只是想到，它那样地吹啊吹
已从远古的最初吹到了现在

五道梁上的新兵

过了五道

难见爹和娘

——青藏线谚语

风吹着你的新帽子

你手上的裂口

离太阳很近

风吹着你的新帽子

风把眼睛掩起

躲过伤口

从低处来的风

已近于亲人，家在南方

看它时要闭上眼睛

风吹着你，在五千米高原

风打断了歌声

那轻微的疼痛来自心

也来自风

风吹进棉衣

它的冷不能被拒绝，风吹

吹着你的新帽子

很久，也不能把它吹落

九　　月

九月，万物在思想

在掩藏着钟声和热情

在流水，在茶室的门口出入

在山路上赶回群羊

在废电池上充电

九月，打点行装

在陌生中饮酒，分辨

在磨刀，在花朵下熄灭火焰

在河滩上翻动石头

在把琴弦松开

在九月，兽跑出洞穴

大树卸下鸟巢

流浪的人群回家

儿童想到死亡

在水面有飞雁的九月

在九月，车辐折断

玉米掉下牙齿

明月不眠

狼靠近村庄

粮食送走秋天的凄凉

九月在溺水

在激流上喘息

在熊的回望中

准备巢穴

在枕木上九月更大地震荡

在九月恒星反身

古炮高出荒草

最后的礼颂

使光放弃重复

在船主走失的九月

九月收拾雕像

在裂口中分开黑暗

朝山进香

在石阶上，九月看山下的

人群如经文

在九月，关闭城门

放开马匹和罪人

合上深井的眼睛

九月飘过旗帜

九月天空出满星星

九月

一月二月三月四月

五月六月七月八月

在九月

这已经很久

这注定不寻常

这　　样

湿的垲头下藏着泥潭

还有六月的鸟

在星星的水中照出了亲人的脸

我想起天鹅

那高贵的飞翔，两只

手臂浮在天空的波涛上

死一般的沉寂，自由，是自由

疼

把那块疼拿开
我的手已无力如此
它只能围绕着疼
空捏拳头

你来吧！走出人群吧
来敲打魔鬼安眠的巢
让那块疼发芽
长到外边的春天中去

让它被催促，被伐刈

你来吧！用仇恨来驱赶

用最重的拳打在上面

让泪珠淹没大海

打鼓的女人

打鼓的女人
走在石板上
她的手停下
鼓就不响

她看着我问
"要不要麻糖"
她背上的孩子
睡得甜香

我没有买什么

她的鼓又响

咚的一声，孩子醒来

睁开的眼睛那么光亮

想　　到

银箔碎裂

冰在南极，挤压

仅有的夏天

别带去花朵

陌生的东西

会引来惆怅

像今夜

想到另外的星球

也有街市和兄弟

他们生活，忙碌

是否也读一些历史

和抒情的诗行

秋　光

一

马群
涌进秋天

太阳的针脚
从高原
缝进深海

二

地鼠的眼睛
挂满天空

羊毛里，秋虫
嚼到了黑暗

三

落日下，晚报
第八版
飞鸟正归来

四

河，划过昼夜的
骨缝

在山里，
秋天静静卸妆

五

秋天的小孩
一个高兴成两个

山野中
太阳流蜜糖

六

在石场打石
锤声叮当
把石头从山上取下来
一小块一小块

中午吃馒头
还有菜汤
远处山岭有一朵云
在慢慢飘

七

水面喧哗

一锅汤

煮月亮

八

秋天，一粒豆子滚到霜降

七孔笛吹过平原

你的心在远山

你的手在麦田

秋天，一盏灯举到河畔

月亮上走下李白

织机停在午夜

不眠的人，身下是麦秸

图画展览会

一

把油纸打开

他不知道苹果的内部

是一座化工厂

他不知道塑像的

眼睛，凹下去的是黑

他不知道在光洁的大厅中

那些画正专注地走神

她被看见了

被自己编织的绒线衫罩紧
他们看她时外边是冬天
她在这儿走动
世界在偷梁换柱

那些没来的画还在赶来
路上羊群吃尽阳光
拉出的黑夜，旋转滚圆

二

在参观时喝水
咕咚的声音想起自己
当菜农的日子

你的手已经被另一双
换去，就不能怪
这些苍白已足够熟悉

抬眼时正对着她
美丽的双膝
吞咽的水声使得世界默契

三

这里不许喊叫，
但你别把心也当成
金羊毛，她愉快的时候
你应该戴上听诊器

有一些东西只能被沉默收藏
但交换要靠议论的铁皮
那些人和塑像的距离
使走动变得没有意义

你该在这里一下一下地
举起锤子把木桩
钉在拴马的地方

然后是铡草
然后是拌上麦子，黑豆，黄豆
然后公鸡发现陈旧的黎明
依旧会大声喊叫

四

我是开完会才来的
路上很累，有一个胖子
把他的肚皮当作
拼贴街道的材料
这几乎使我提前进入展览

没有一个熟人
那些画也累了
我看着一只画布上的手
特别想拿桌子后边的苹果

夏天，颜色奔跑到画布上
因为热，它们宁愿去打仗
为什么这些人也知道放枪

有些东西要把它还给画布
比如那个没有目光的女人
真要带走，大家将惆怅

五

我想到今夜这里没人
一把凿子就可以改变
因此我没有在登记簿上签名

有人在冰天雪地展览坦克
还有一些人占领了海豹浴场
我在饥饿时看见过炊烟
有一些人已熬不到今天

他准备修改那块灰色
他想今夜悄悄地进入
保留修改别人的权利

六

整理那个最不愿让人
看见的颜料盒，你吹
口哨，嘴像一枚蜜饯
现在它不能笑

这时的乐曲在上升

从一棵树飞到另一棵树

它不停地晾晒蜜糖

尽量使自己不一样

真是危险，秋叶飘零了

几乎，每一个人都想到了死

七

有一个人他有胡子

他吃多了青玉米

他的眼睛像一颗杏

他走过一切，从很远的地方

来到角落，吃着一片

更远的面包

他的大餐前挂满了图画

假如在淮扬菜馆，他会

点一道芙蓉仔鸡

他的手上有颜色

他已被天使抓住了双肩，虽然
来之前，他换过干净的内衣

八

从天窗漏下来的光
照在画上，人要站在暗影中

我不打算走过去，为一个
笔触睁大眼睛，它没什么
在此之前，画家们
背对着画，看着参观的人

（一些文字在厕所里流失
我指的不光是报纸和书，是
真正的尿，一生中的尿只有
极少数可以被严肃地摆在显微镜下
得出结论）

我把自己抛到这里
借天神的右臂
和大卫投石的动作
注定了，我说是无法避免地

要把什么击伤

九

春天在春天里
你曾许诺不描述生活
为什么又升起了炊烟

知道在知道里
那锅里其实没有米
想不到你在煮颜料

所有的白
都被羊群洗脏
可以用一枚镍币
把枪眼堵上

能在颜色的补丁上
找到什么。马在雪地上
喷出的响鼻，是愉快
也是紧张

十

这些来看画的人中
你能认出一个
他是永安里的摊贩

十一

在世界以外的世界
那里也存着一张画
它非常遥远
几乎经不住一次运载
它细微，它也浑浊

可以在大厅安放
但不是在这些颜色上
有一些人攥紧了手
他们已爬到了泄密的咽喉
这时一切都已脆弱

十二

挽紧肩膀的人并不是冷

是因为重量的需要

你也曾抱紧过自己，这动作

比抱一块石头容易

咳。不。哦。别。是吗。

这声音像赶车翻越山岗

你没有驾过全套的马车

那其中往往有一匹更加用力的骡子

这没什么，凭着它

我们才能从更高的地方

冲下去，那样的速度

是狂喜

十三

要在黑色中挖出透明

你这样说时

我想到淘洗淀粉的过程

还有人类挖宝的游戏

你那样警觉地

指着一只公鸡，短时

我想到很长时间城市没有

为一个女人去战争

大多数安慰已经从怜悯中
羽化出灿烂
我突然为中午的饭菜而感动
这些都被你看在眼里

当雪成为无法超越的白
安徒生拥紧了大衣
他在暗中布下的世界
是因为镜子和消瘦

我多想找一枚图钉
把那个画角安放停当
不平衡时，我感觉到
这世界又有一个相似的人正死去

我不能因为油彩就脱离
那些可以摸到的丝织品
我也不能抛开青这个字，对
青楼的联想

我们在梦中把道具破坏

所有的独白都变成了
堂会演唱，你面对一个
大胖子，挣他的钱
你那样的自信，像吕布
骑在枣红马上

七 和 弦

音乐被一辆飞驰的汽车

呼啸带来

我得到的是一个

在惯性中散了架的七和弦

富贵的七和弦

餐桌上的七副刀叉

夜晚的大熊星座

或是你们知道的与礼拜有关的数字

我只得到了音乐的一点

一篇演说中飞扬的喷嚏

一节不容打断的电话片段
一个女邻居的背影

那乐曲是否用了四分之三的节拍
我之后，在街角闲散的人
是否在红灯的路口
听到了更为完整的乐段

食物已摆在了尺子的旁边
我们等待消化分配的命运
一个住在雪山下的牧者
与我的惊讶恰恰相反

那听到更多乐段的人
他也许不会想起与七有关的事物
这时我又想起七巧板，七月流火
和一个在生命危难时写出《七步诗》的人

我已对七和弦生出很多联想
像那些贫苦的人入神地盯着远山
我命定地想到了诗和生命
这些都来得分外自然

我不会贸然地说

比听到完整音乐的人所得要多

真实的情况是，除了七和弦

那辆飞驰的汽车没有遗落别的

第三辑 果 实

语录时代的颗粒

我下乡的地方叫二龙山屯，哈尔滨
往北到龙镇的前一站，停车两分钟，
应该是个很仓促的小站。
我在那儿生活了六年，每天都不一样，
我无法再过一遍那样的日子。

铁民没戴帽子，一头卷发，他夹着黑琴盒从雪地上走过来，
琴盒打开，嗡的一声，他来教我拉琴。
他说打开《开塞》，翻到第二十五页，从第八小节开始……

小冯有哮喘病，每天早上，吃一口生姜，就一勺蜂蜜。
他有病，把这两种东西当药吃。

我们看着他……

他吃得很慢，给我们的感觉是蜂蜜不甜。

他没事的时候，用一根锯条刻搓衣板，刻很多图案。

有一次，别人打架，把他刚刻好的一块搓板打折了。

他找来一张纸把那块搓板的图案拓了下来，

然后，又找了块木板重刻。

刻搓板的木料是椴木，特别白。

大眼儿的眼睛大而凸出，看见他常能想起一句语录：

"世界是你们的，也是我们的，但是归根结底是你们的……"

他说话的时候，不断按指关节：咯吧，咯吧，咯吧……

十个手指从左到右，再从右到左，要按一个来回。

有一次他说《钢铁是怎样炼成的》是奥斯特洛夫斯基写的。

他说的那个名字真长，像一个伟大而陌生的人。

倪伟会唱《拉兹之歌》。

他是在北京时跟着胶木唱片学的，唱得很准。

他不常唱也不教我们歌词。

我们特别想唱这歌，想用一盒"葡萄"牌香烟换。

他不干，他说这歌不好学。

其实我们知道，他是想在麦场上单独唱时，引起女生的
注意。

我们想唱这首歌的心很焦灼，就乱唱。

他不高兴，躺在一堆麦子上睡觉。

我们把一首忧伤的歌，唱得特别欢乐。

我们唱时，女生一直在看着他……他嚼着麦粒。

陈钢得过大脑炎，他特别老实。

有一天晚上，他在油灯前喊了一声"我做梦了"。

我们问他做了什么梦，他说梦见一个仙女。

我们问仙女怎么了。他说仙女在洗澡。

我们开始觉得平时老实的陈钢很流氓。

我们没再问他什么。

我们把被子裹紧，我们也想梦见仙女……不一定非在洗澡。

亦滨的皮鞋油用光了，那天他特别想去县城玩。

他先在皮鞋头上抹了点牙膏，鞋没亮，有留兰香味。

他拿着鞋跑出去了。

我看见他在一头辕牛的脖子上擦他的皮鞋，

那头牛一动不动，好像特别舒服。

他的鞋擦亮了，并且有一股真实的牛的气味。

刘文在傍晚的云霞下，用脸盆在煮他的内衣

——其实我们大家都有虱子。

他最近爱上了养猪班的楚汀，

他说他应该换一副模样——成熟，干净。

他煮内衣的时候，心事重重，

用一根树枝翻动着盆里的衣裤

（它们的颜色已经混在一起分辨不清了）。

我看着那盆煮开的衣服，身上痒起来。

我在一棵杨树下坐着，马平从南山回来，

他给了我三个小果子，黄色的。

他说这东西叫"黄太平"，有点涩也有点酸。

我在下午倾斜的阳光中看着那三个小果子，

我没法吃它们，放在鼻子下

闻了又闻，还是没法吃它们……

它叫黄太平，像一个故人的名字。

"区长"有台手摇的留声机，用六节一号电池。

他天天听《灵格风》（英语唱片），

有时快没电了，声音就会变粗。

把78转移到33转也有这种效果，反过来声音就特别尖。

我们总想玩他的留声机，他把电池锁起来了。

其实没电池也会发出声音，唱针在唱片上走着，声音很小。

那么小的声音，我们的嗓子都发不出来。

拉屎的时候，蚊子总咬屁股，拉得不能专心。

刘文有一次没拉完就跑回来了，

他在油灯下，让马平帮着他数屁股上的包……有二十三个。

数完了，他坐在炕沿上一动不动：

人不能畅快地拉屎还有什么意思。

穿将校呢的满生，他爸根本不是什么大官，

我们准备晚上揍他一顿。

我们先让小哑巴把他骗出来，然后一起出手，

用板砖和酒瓶砸他的脑袋。

有好几个人还没下手，他就被打倒了。

其实我们单挑谁也打不过他，他比我们大，

还有种特殊的功夫

——把酒瓶装满水，一拍瓶嘴，酒瓶底就掉了。

第二天，他头上缠了绷带，依旧穿着将校呢，站在院子里。

食堂给他做了病号饭——那种有花椒油的面条，

他变得更为醒目了——除了穿的衣服还有头上的绷带。

我们在院子里浇了个特别小的冰场，只能两三个人滑。

有天夜里我看见一个女生在上边滑，

滑得特别棒。是工程连的任小燕。

我回去就记了篇日记，我说：

你应该有更强的毅力，三天了，你还没学会倒滑……

从明天开始，每天滑三个小时，

不能怕冷……白天时间不够，就晚上练。

写完日记跑出去看，冰场上任小燕不在了。

苗全跑回北京时扒的是货车，那车过站时没停。

他扒上去后，挥了下空书包。车走远了。

天黑了，我一个人在雪地里往回走，走了半夜才回到宿舍。

钻进被窝的时候，我闻到了被子里自己的气味。

我们卸完洋灰回来，天已经亮了。

马平说别睡觉了，去买帽子吧。

我们去了德都县城，

他买了一顶羊剪绒的帽子，我买的是狗皮的。

回来的车上，我在狗皮帽子里睡了一觉，

醒了有一串口水流在了帽子上。

马平没睡，他舍不得把帽耳朵放下来，

一动不动地顶着那顶新帽子。

那帽子还是新帽子，而我的已经沾上了口水。

吴兆义得过小儿麻痹，走路不方便，

大家叫他123（哆来咪），

他棋下得好，一边想棋，一边

控制着鼻涕，不让它流到前襟上。

他去省里比赛时李大夫让他吃两片扑尔敏，

他吃了之后，鼻涕没流，棋输了。

天津知识青年王广福给我的同学冯丽写了一封信。

他说如果你同意，就在明天的食堂里见，

我会说："今天天气真好啊！"

你就回："我是北京知识青年。"

如果你不同意就别回。

第二天，王广福打完饭不走，等冯丽也打完饭。

他看着窗外抖动着声音说："今天天气真好啊！"

冯丽伙同宿舍的八个女生一齐说："我们是北京知识青年。"

王广福那顿饭没吃。他知道那封信被冯丽公开了。

王广福后来是到北安去自杀的，

他用刀子捅了自己三刀，没死。

大家都觉得这可能跟冯丽的玩笑有关。

那些女生没这么想，王广福回来时，

她们都探亲回家去了。

颗粒不像珠子有孔，可以穿成串，颗粒独立着，抓起来一撒一地，收拾的时候也得一粒一粒地拣。真正的回想是颗粒不是珠子，没有线能把它们穿在一起。颗粒可以发酵成故事，但故事像一个大馒头，白而松软不是颗粒。

北京房山云居寺供奉着佛舍利子，说几百年发一次光。那也是一种颗粒，是燃烧之后的结晶。我在很近的地方仔细地看着它们，感觉出遥远，我的生命和我的想象都不能达到的远。它们是佛舍利子，它们留下的原因是因为精华和修炼。它们是经过多少日夜的食物、饮水、思想、粪便才留下来的。这么一点点东西，像一粒沙子，永远不会消失，没有悲壮，没有浪漫，也没有政治，看见的时候它就在了，你看不见时它也就不在。

欢　笑

——知青记事之一

一

排着队他们走过工地

蒿草和八月

拿枪的青年在他们身后

食物在远处冒烟的房子里

他们疲倦，初学行走般蹒跚

骨架支撑着衣服和蓬发

排着队他们走过目光

那些自由的人

捧着食物在窗下

边咀嚼边看他们，把庆幸咽进肚里

他们眼中的一切都很遥远

房子、水、食物、生或者死

都不如这个中午的行走逼真

左脚右脚，这一步那一步

他们中的一个看见太阳

那中心遥远黑暗无底

像藏满了夜的深井

黑黑的温暖，使他闭上眼睛

排着队走过猪舍鹅群

和散落的粪便

碰巧在生死之间

路上的野花全部凋零

他是其中最普通的一人

有相同的褴褛和饥饿

还有颧骨和驯顺

不同的是他看见了那口井

那是一个圆圆的门
通往死亡安宁和遗忘
通往食物或者幸福
他们整齐地走过

他被终点诱惑，撞进那井
像一只追寻权力的狮子
沉落、溅起无数
惊讶的目光，喊叫和哭声

他的声音从井底
传至地面，使所有的
食物倾覆。那些自由人
把咽进的庆幸吐出，他们
面对真的自由背过身去

队伍在井口边停下
沉默，没有发出声响
持枪人碰响枪栓，把
他们赶出井圈。那井内的
喊叫蓄进每一滴水中

二

拖上来时，他的头颅朝上
褴褛的衣裳像飞翔的翅膀
他的颅骨已经掀开
有只眼睛不知在什么地方

另一只眼睛却自然地睁开
蔑视那些惊恐的人群
他的嘴角微微向上
那笑容使人感觉到孤傲

他被放倒在地上
身上的水流溢四方
苍白的臂上伏着一只苍蝇
还有八月正午的阳光

他的死带来了双重的死
因为有人向他剩下的眼睛喊口号
他绝不改那微笑和孤傲
直至被一张席子卷进了坟场

116

整个下午那支队伍沉默
在食物面前没有张开手掌
当他们再次被带回到井边
那口井的眼睛已经闭上

……枪命令队伍摇动辘轳
连夜把死亡的水全部淘干
淘出的水流进草丛
整个夜晚都听到了水声流淌——
那真像一个人幸福的欢笑
自由地远去，和着歌唱

小　灯

——知青记事之二

一

他像一只虫子

惊恐，沉默

大家叫他虫子时

他会轻轻答应

他常在夜晚出去

冬天在雪地里走

夏天坐在一段木头上

他是孤独的虫子

像找不到巢的蚂蚁

漫游着，没有任何信件

会从远方寄来

他早上赶出牛群

走很久的路去山坡

下雨时他比牛多一顶草帽

春天，花也开不进他的眼睛

太阳落山，牛群回来

他的头淹没在牛背下——

想起来还是个很小的孩子

从不抽响鞭子，也不吆喝

八十人住的大屋中

他独有盏小小的油灯

夜深后他把灯点亮

让梦结在灯芯上

那是封读旧了的信

还有家人亲热的合影

他在灯下轻轻地私语
使夜的深处生出些暖意

没有谁能进入那如豆的光环
即使偶然，我们也会避开

二

在一个风雪的夜晚
有个秃头走进大屋
他属于当地庞大的家族
哥哥是这个分场的场长

他绕过零乱的闲谈
走到那盏小灯跟前
一把抓过照片和信
小灯摇晃着现出慌乱

秃头看着照片
手指着一个纯净的女孩：
"你姐姐不赖，嫁给我还行。"
他奋力地抢回亲人，像命一样贴在胸前

秃头就着小灯点燃了那信

高高的火苗舔着了嘴里的烟

小灯翻倒在地上

打碎了一地的光亮

黑暗隐藏了短短的叫喊

风暴在那个墙角呼啸

三

他学会了在山上唱歌

粗粗的嗓门喊得很远

放牛时一声声抽响鞭子

把春天的鸟鸣全都打烂

是一个夜，月光从云外漏下

开出一地的百合

磨刀声割着结实的夜

他看到月光在刀刃上现出红色

那是把普通的镰刀

被多少个夜晚磨快

锋利的刃使铁也隐隐地疼

他的手在木把上握着冰冷

他一直等着这个夜——
像现在一样坐在石碾上
月光透过他，印出影子
那不动的身子是个梦中的塔

秃头从一辆粮车上下来
见到他时已在眼前
收割后的田野吹来坚定的风
吹着手上的镰不住鸣响

血的气味使收获兴奋
他逃避悲伤般追逐那身影
痛苦的呐喊像刈尽的麦田
秃头坚持着数到了七下
然后庄稼般躺倒

月光抵住他再举起的手
他感觉到了结后的虚空
迈过那人像跨过一段门槛
回来的路上他轻轻叫着——虫子你行

四

又是一个风雪的夜晚

敲门的声音使灯屏息

大屋进来位满身寒冷的老婆婆

她苍老的头发比雪还白

浑浊的双眼寻找着他

那眼中有烈酒也有冰

她静静地坐下拍去雪花

从包中取出酒瓶和那把镰

找来两只很大的碗

她把那酒分成了两半：

"你砍的那人是我的儿子，

他没有死，我谢谢你。

我知道你已没有了家，

那也许该和我们活在一起。"

这时的小灯现出光亮

那个角落有暖暖的光芒

他先是把酒碰酒

而后听见泪水滴进碗里

他像是饮着那双混浊的眼睛

然后背过身去没有说话

就这样静静地坐着

老婆婆把酒饮了一口

收起镰刀走回了风雪

他呆呆看着一盏新做的小灯

像有什么写满了光环

他的家人都已死去

只有在小灯下才能见到他们的脸

这什么也无法代替

他想独自拥有仇恨和爱

小灯一直亮着

他在灯下坐到了明天

从天堂伸出的手

——知青记事之三

记忆在那儿——严寒

烧煤的车头喷着白气

检修工在用锤子敲打秩序

我一个从远方赶来的知青，没有车票，忙着求告

也许可以让我上去——应该可以

让我赶上一年中隆重的节日

这是最后的机会，我乞求

希望能登上这辆列车，我补票

没有人理睬，帽子下的脸

像消失的空洞，他们不回答

等待巨大的车轮碾过时间

包括我的希望和节日

我奔跑着在每节车厢前

说相同的话，激动地挥手

没有人同情，这是辆冰冷的车

它似乎再容不下一个该回家的人

容不下一对团圆的母子

餐桌上的一顿年夜饭

它将最后穿过我的心

让一个异乡人在异乡孤单

让白雪是白雪，冬天是冬天

一切不想改变，不会改变

车笛已响，车门关上

整车的眼睛和耳朵也已紧闭

我站下，看着灯火的列车

像另一个世界。车内他们谈笑，将要离去

车闸已松开，车头喷出

更大的热气，我孤独的四周有冰冷的蒸气

……一只手从雾中伸了出来

手的后边是一位老妇人

和打开的车门。一只手从启动的车门中

伸出来，她的另一只手抓紧了披肩

这真像一只从天堂伸出来的手

有力而坚定，我奔跑着

拉住它，像拉住了自家的门环

风站上踏板，我也站上踏板

老妇人挽紧披肩，她的白发已被风吹乱

我们这样挤在过道上，她看着我

她说她是母亲，知道儿子眼睛里看见了谁

火车开着，像漫长的永远

我想我已提前到了家

天下的母亲没有什么差别

我悄悄把眼睛躲出车窗

窗外的暗夜有什么在闪亮

那片土地

——大荒之一

我知道那片土地

在北极星的脚下

我知道它春天的气味和马匹悠闲的挽轭

在记忆的中心我常数着那些金子的麦粒

从收割过的田野中走过

那些遗落的麦穗

可以充实我的背囊

为此我会把一些精美的书籍

一只移动的钟表更深地翻开

我用亲手制作的连枷拍打麦穗

拍打那片土地和经历过的生活

当我疼了的时候，我会流泪

累了坐下来想着季节的差异

——花期野蜂的声音和沼泽上的水禽

我会磨快一柄镰刀

回过头收割那些结满籽粒的时光

我知道那片土地

任何一个夜晚

会指出那颗星星的位置

木　锨

——大荒之二

等着麦子成熟

那个季节很长

在空旷的麦场上

修着一张木锨

风吹来，绕过锨柄去青黄的麦子间游荡

鸡在远处站立

我紧着手中的麻绳

像捆扎一条衰老的手臂

这张木锨不知用了几个秋天

它熟悉麦粒，感觉过疲劳

几个秋天一直是我陪伴它

等着麦子成熟

在等待中有一张木锨要修理

麦子熟了

　　——大荒之三

麦子熟了

磨镰声响遍屯子

那个中午

镰刀沾着阳光磨着

我从一部书上抬起头

嗅到空气中铁的气味

田野没有了生长声

麦子熟了

磨镰声传遍土地

那个中午

麦子们听着

阳光深处的磨镰声

喊　牛

——大荒之四

风吹过

甸子上的宁静疲惫

为寻找一头失散的牛

带着干粮，走很久的路

天空像平时一样

有时有云

有时清澈无边

这个季节没有鸟，没有雨

土地的气味渐渐消失

这个季节冰雪将临

喊那头牛

像秋天的傍晚

母亲向着旷野喊孩子回家

出　　生

　　——大荒之五

走过草棚

牛分娩的声音惊动了我

那时我是个少年

常在有月亮的夜晚失眠

母牛的呻吟尖刀样刺痛

炎热的中午

没有人照顾它

搅拌饲料的老人在阳光下喝着酒

我无能为力地站着

把站立当作对它的安慰
小牛的后腿已慢慢娩出
牛的呼吸，使我的头上浸出汗水

那是一个漫长的过程
我和小牛一起经历着出生
不知更多的体会来自哪方
我看着小牛落在地上，站立跌倒

就那样站立跌倒……

列　　车

——大荒之六

夜晚，雪飘下

很轻，很单纯

走近铁轨

山那边亮起灯光

一列客车将开过来

这我知道

几天来我都在这个时刻等它

就那样站着

地上的雪坚硬着冷下去

那是一列灯火辉煌的客车

向南，飞快闪过每一个窗口
温暖，陌生
我看见有的人站着，有的人走动
他们要去的地方经过我出生的城市
但我无法同行

车开过去了
快，零乱
再听不到铁轨的声音
我站着
脚下的雪更辽阔
辽阔的雪更寂静

夜　歌

——大荒之七

对夜晚很陌生

那时节常在梦中

今夜却无法入睡

窗外星冷得似要裂开

把握着一丝光亮

悄悄披起入睡了的衣裳

钟声响过

而后寂静再次降落

摸索着走出房子
外边有清风和自由

长久地望着北方
那里的夜似见光亮

也许是一种错觉
我时常想起白桦和雪

这样一个夜晚，面对天空星汉
谁与我有同样的心情

简单的问题没有答案

这片森林有熊出没

你看见了粪便和断裂的树枝

你不由自主地喊了一声

与一位自然中的主人招呼

你的套靴碰断了蘑菇

它们刚被雨珠点化

菌盖下面是忙碌的蚁穴

一只大蚂蚁在阴天游荡

废叶的正面有蜡质的光

它的背后是一只虫的空巢

虫飞走时带去叶子的翅膀
把新鲜的绿也披挂在身上

你选中的那棵树，可真高
阳光的肉碰在了斧子上
你准备下手
在掌心吐了口水

一下一下，木屑溅在草丛
这个上午你边砍边想
为什么是这棵不是旁边的一棵
为什么是你不是别人

没有人会这样提问
整个世界也没有察觉
(那时你想的问题非常简单
简单的问题没有答案)

门　外

一个人在门口拿我的空啤酒瓶

他有多大的难处需要那些容器来装

他拿起酒瓶——那些熟睡的婴儿

没有一点儿声响——他带着它们准备离开

一个，五个，争先恐后

那些酒瓶挤进他的手掌

我们隔着一扇门，他用细弱的声音，

不断地自话自说

像对着那些瓶子，也像对着我
在门的外边，他用连绵的话语，

向世界诉说着他的需要
声音很小，那些瓶子也在安静地听

那些在我忧伤时，喝空了的瓶子
我原本该在他之前，拿去换钱

他来了，这样轻手轻脚
他尊重忧伤，也尊重瓶子

他说着需要，十个十五个，他装走瓶子
我们隔着一扇门，彼此知道，但不愿惊扰

感谢他在此时分担我空落的上午
感谢他把那些容器的眼睛闭上……

他走了，没说再见，沉重的脚步
像庙堂中一下一下关闭着的经卷

这使我想起古代的一位寒士

在活命的食物和不洁的语言前死去

不一样了，这样的时代，他有理由需要
容不得，你打开门向他询问，向那些瓶子告别

距　离

它用翅膀撑着地——

一只垂死的鸽子

在我的阳台上很难

活到明天

是一个意外，它的终点

离我的怀抱只有几寸

将要目睹死亡

无辜的我看见夜压过来

水面的音乐停止

一名护士从战时的一本书中出来

367 页——她说

"所有的死，都是懦弱"

她这么说，像路口的塑像
一个女人，在化脓和股疝中间
哲理的话语是附带的方剂
但我又能对一只鸽子说什么
甚至那些硬皮的经典
也只有在闭紧的眼前语塞

水，食物和昂贵的黄色药片
必要时还有那些语录体的乐段
这最后的仪式像一道台阶
把等待推到未来
想起在大厅中有一盏灯
我看着它熄灭把安静灼伤

鸽子在那里一动不动
把身边的时间——擦伤
它使抓药的人把舌根咬断
使远去的风深夜回头
它最后打开了翅膀
整座阳台开始了飞翔

医　　生

医生，传唤御旨的重臣

在水池间洗手，他们

脖子上垂着耳朵的代用品

用压舌板把喊声抑止

而后以一封密函

通往沉默的药

在高烧在咳嗽在失眠中

让患者反复读着病名

你听到一个阴谋在身体中回应

在骨缝间躲避

它们像不死的英雄

被追逐着壮大

想起医生，他们在艺术之外

告诉你别的东西

那些短暂的语言，一如台词

说出后使你震惊

犁铧

在春天，犁铧碰伤泥土
像一些坚利的军团，犁铧
整齐地前进，埋下种子

甚至不能拒绝，犁铧
日渐锋利，它划破泥土时
上面没有血迹

比银子要冷，比垂老的
镜子锋利，犁铧
把土地划开，伤口上长起庄稼

玫　瑰

剪下玫瑰，在它
燃烧的顶端
怕看到熄灭，怕
褪色的花瓣，击伤
越过窗的眼睛

剪掉人群的头颅
在一张照片的上部
分割，让微笑代替
花朵。在有刀伤的地方
悄悄离开

读过铭文

读过铭文
你的手伸过来，是春天

那人死在异乡——
我们脚踏的地方

没能回去，墓碑在天空下
坚持着告白

没能回去，你春天的手
因此冰冷

回 来 时

回来时错过了
午饭，从很远的山上

没带来风景
画夹中只有

晒烫的纸，他说
看见了正出壳的小鸟

那情景使他
一天都无法离开

读　书

重印的古书

在作坊中闪光

这些故事，在灯盏下

如不谢的花朵……

深夜叩门，他

古老的装束落满

风尘，他的手轻敲

文字金属的声音

那些起伏，带动着轮辐

把水摇成石头

把塑像摇晃成泥
他轻敲，用弄衣的手指

轻轻指向心得
铙钹的声音与最后的
静，他的手指将
偏离的飞矢停留

那是夜马起动的声音
那是浪清洗的声音
那是书合上后
天空现出的明亮

人　群

那是人群的脚步

从夜晚的窗下响过

那是广大的人群

每一步都经历黑夜

那是多少人的队伍

他们把一个季节盛满

雨甚至不能落到地上

那些人走了多久

他们世代相传的疲惫和决心

他们的影子使灯光暗淡

那些人走过我

那些人经过的土地响起歌声

天 空 下

天空下
他用钐刀砍草
阳光愉快，像天庭
恩赐的华筵

他的刃最亮
他手心攥住的是一片黑
他出汗，必须用力
草才能倒下

他一步步地砍，该
轮到的都会轮到

草整齐地断了，大地
的茬口，有锋利的光

他带着一瓶水和一份干粮
自己的一份，用割下的青草来换
太阳下山，草车才来
尽量地装，尽量地给大地留出空旷

中　年（一）

你回来了，在午夜
天空有青草的气味
虚设的真实——一匹马
还在泥泞中

你双手开门
看见的那册书
依旧无法停止
一支蜡，正燃烧着逃脱

中　　年 (二)

月光白墙

中途的鸟

伤鸟，他的翅膀

抱在怀里

音乐的鸟

疼在羽管的弦上

眼睛的鼓声

沉重响亮

他伤了

一页残书离开集体

黑色铅字
已随衰草到天际

他伤了
和别的鸟不一样
收割，伐刈
秋天挤在伤口旁

西　北

那泥范已涂上金色

印刷者的手

从北向南

天空的翠板上

裂出一条候鸟的纹

我听见沙漠干燥的皮鼓

雄武的楼兰

从天幕上走来

他荒凉的袍子

掩住玉门关

阳光从树叶上走过

阳光从树叶上走过
这样的早晨，山顶更加明亮

牛群下山，在小路
你侧身相让

狗认出了异乡人
它叫，晃动铃铛

你说，只想上山
朝那个没人的方向

他 走 了

他走了，从午睡的铺位
向水库走去
那个夏天其实很冷

房舍背后有鹁鸪在叫
太阳下，泥土和植物
缩紧了气味

他空出的铺位其实
很小，像一粒结石
在我身体里久久存放

说 给 谁

齿孔，在邮票的

边缘滑下去

只要不用手碰

连绵的日子

再快的撕扯，也

追不上静止的心

说给谁呢

剩下的一张

画面上印着

北方的门窗

割 麦 人

——劳动者之一

割麦人

他的镰刀磨得

飞快

他的酒也像

镰刀

那些麦子等着

倒下

像一些遥远的朋友

走过来

倒进怀里

他听到

麦子接触刀的声音

他是刀

他也是麦子

假如没有冬天

割麦人会放弃收获

酒在割他的喉咙时

他总这样想

打　铁

——劳动者之二

打铁

也打江山

春天打犁铧

冬天打刀剑

打一生红火

打软骨

打出钢

站立着打

把汗留在刃上

打铁

打流水柔情

打温暖的臂弯

打火灼熟了的目光

打射出的箭

打雨围绕火的时刻

打铁

打真实的铁

打一行行

淬过火的语言

操　琴

——劳动者之三

谁在劳作后，听到

琴声湿润了泉水

盲者，他的光芒比

痛苦更加耀眼

他集合泉水与月光

在弦上，他的风雪

凝结在身后，他把

胸口的热留给我们

琴在膝上，月在头顶

弓在手里，水中倒影

映进空旷的心
他得到永远的月亮

多少年后，庞大的乐团
在远离泉水和月的地方
极力包容他的黑暗时
只听到他的衣袂飘过

连　枷

——劳动者之四

连枷拍打秋天

落下汗和血和希望

连枷举起，收获的力量使它落下

使它沉重，使土地安眠

连枷举起，四野摇晃

犁和锄在歌的远方

连枷以结束的决心等待冬天

举起来，风雨看到旗帜

连枷轻轻拍打村庄

村外的土地，游子的思乡
连枷使收获的夜漫长
使诗篇跟随果实流进谷仓

织　工

她的梭子

穿过身体，将

一寸寸生命

织进布匹

花开在布上

越来越远

她把星星织进露水

而月色留在发丝

她的影子被窗纸留下

一个夜和一尺布同样长

白马从布的图案中驰过
秋天被细纱织出来

她的梭子织过新娘和母亲
织进一个冬天后，没有从风雪中出来

第四辑　那　　些

山　路

缓慢的山路上
被迎面的人询问
说出很远的来处，远到他
伸出手掸去裤管上的灰尘

然后抬头，告诉我
他只去山脚下
买一点粮食
和三两支白蜡

另 一 个

春天来了

另外的一个

从冰河上来

陌生，独断

他要来

粉碎安宁的布

那心如止水的人

将被春天绑缚

在残雪前

看新的叶子

琴

它的静止使人畏惧
仿佛睡眠将被惊醒，魔鬼
它的微笑使接近的风停止

它的吟唱在镣铐里面
简单的弦，理想
承受尘土降落

它的沉默使我们怀有向往
等待粉碎或
最后奏响

那　　些

那些死亡的人
已代我而去

这世界无关的事情
越来越多

一百年后降生的人
他们将重复前人的生活

那时会有一位少年也在北方
他有力气，他在放羊

忧伤的曲调

小妮子死了
红衣服在雪上
山丁子挂在树梢

小妮子冰凉
眼睛流尽蜜糖
三九天冻破缸

小妮子要走
攥不住她的小手
花围巾跑了前头

小妮子没哭

叫不成叔叔

悄悄一个人上路

软　水

冬天的河套

冰和岸连在一起

积雪抹平痕迹

但我能察觉，什么时候

正走在水上

深层的鱼，它等待像一根刺

一根刺可以在

水中思想，神的思想

翻动眼睛

我这样地走过水

走过鱼的头顶，我抬头看

天很蓝，很结实

但我不能走进春天

这美好的词，它将

使水变软

鸟从天空投下影子

鸟从天空投下影子

双重的飞使人迷惑

鸟的影子追随着

高空的自己，快捷，准确

在天上，此时

谁在弯腰收获

神是否也

辛苦，流汗

庄稼割尽了

平原上一片星星

翻一部书

翻一部书
有多少门通往
泥泞或殿堂

想到他们
都死了
死被怀念时
更加确认

别拒绝一只
简朴的苹果
别这样
尤其在正午

春天的下午

在书桌的玻璃板上树绿了
鸟飞过。
是风景的倒影，来自窗外。

它们盖过玻璃下一张秋天的画，
那更多的黄色被倒映的新叶淹没。

是偶然，
春天的下午，玻璃下的秋色
埋伏了绳索。

雪天窗口

这图画中间是寒冷
寒冷中的灵柩
只剩下白

第 27 页

每读一遍

都得到新的死亡

那熟悉的书页

我看到了

永远不响的雷

悬在头上

那　　里

那里曾是放灯的地方
那里的翅膀在暗中收拢
那里冷……

知道的人，他们沉默
他们在街上躲避熟人
他们消失……

而我还有我还有一个我
和遍地的沙粒
将回天上

果　　实

在纸箱里
她穿透了棺木
飘回树顶

现在枝头是冰凌

青　海

撩动湖水

一百里的平静

让你冷

谁容纳了天空

一波一波的涟漪上

生已陌生

会 这 样

会这样固执地疼
抖动的白纸

白纸上的鸟
摘下了翅膀

走　过

他们至今在走
秋天抬回庄稼
冬天抬出棺木

白衣黑棺，在田野
土堆高出平原
枯萎高过春天

无穷的白被一点黑
侵蚀，我见过那支队列
严肃的脸

在深土中也不会停止

他们走，从没有得到过

必死的理由

你在远方

你在远方
一天加上一天
也无法追还

这是过去
在一把椅子上
看见你拉琴
琴声很小
像悄悄的猫脚

是过去的风
鼓动旧日的簧片

那些声音

牵出花朵和忧伤

——雪花飘满医院

这是梦中的

驿站，停顿的地方

披霜的马匹站立

醒了的人

无法使夜生还

高　处

清晨，去对岸砍树

冰冷的水已把夜带向下游

斧子在肩上，它的刃朝下

经过的树被惊恐划伤

不知将在哪儿动手

把最好的晨光举起

太阳的双眼闭紧在刃上

也可以把时间砍死

一下一下疼已传给树冠

那铁匠是如何敲打过这些凶器

它们用十倍的仇在啃啮着伤

白色的伤，喊叫的伤
倒下的树要抓住你
那样的早晨，太阳照在地上

关于艾滋病

太阳从不躲避白昼

每天照常升起

这不仅是人类的事情

地球消瘦了，在发低热

一丛没有光泽的毛发

在人的嘴里咀嚼着

成为咽不下去的话题

脚步前后骤然长起

密不透风的荒草

月色沉重地成为梦浆状的流质

山峰突兀

生活更清楚地显示出石头

在某一天早晨醒来

看过报纸后

我们即被一枚肮脏的针头感染了

目光割破伤口

鲜花不被相信

温暖的血液不被相信

甚至，初恋的吻也有一种情感之外的心悸

铁的影子在冰凉中扩大，进而沉重

冬天的太阳退缩成一种象征

白昼被冰雪占据得沉默

在好莱坞那个地方

一位俊美的男子一生的最后扮演了一具骷髅

冰凉的蛇信出入头颅

眼睛不再放飞天使

尖峭的颧骨使一支正在播放的夜曲坍塌

在一些人的心里南极向赤道浸润

我庆幸我没有接触那枚针头

我只喝茶叶

我不砍伐先人植的树

我珍惜养我的土地

我不愿使地球发冷或发热

我只睡我熟悉的枕头

天空有各具形态的忧伤

月亮是心境的守望者

任何一棵树都会被子夜掳去

病人的黎明是苍白的

我知道夜晚被交错的枝丫搅得凌乱不堪

在一个寻常的傍晚

在看到戴安娜公主伸出美丽的手

在一只皮筋骨头组合的手上握了一下

在冬天的草上握了一下

在一片结满虫卵的败叶上握了一下

我看到显微镜下细菌的爆炸

我冲出房间

在水龙头下不断冲洗着公主那双玉手

我恐惧得失去了同情的勇气

我希望我什么也不知道

什么也没看到

回房后，屏幕上正在为一双连体婴儿做着手术

光栅在我湿淋淋的手上抖着

这一切似乎都很严肃

像任何时候所遇到的大海

我也很严肃

我只爱异性

我爱母亲样的大自然

和自然中未遭破坏的每一个角落

我看到了山的忧虑

不信你可以在此时远远地望它

它的经历板结成很厚的岩层

在你为它担心时向你压来

那些植被不安地等待着有一天会被遗弃

噢！根子到底是实验室还是一只非洲的猴子

谁又是第一个消瘦的人

也许这些并不重要

重要的是，人类的做爱变得迟疑

妻子的床是一块净地吗

有多少个良宵煞了风景

咖啡店里眼睛和眼睛有一条沟壑

我们将犹豫见面时是否还要握手拥抱亲吻

是否要出示病史档案而不是一张名片

这也许是一个劫数

万般无奈的劫数

对不严肃的严肃

它很有理由

盛气凌人地在地球上漫步

一片弥漫过来的云团

一只天庭的拳头闪着罂粟的白光

我不断地在众多呻吟中

找一只佛的眼睛

一枝白色的宿根花卉在西风中

翘起了尾巴

我依旧同很多人握手

摸一些美丽的商品和公共汽车的把手

我的周围只有感冒或者别的

但我不能轻松

当一位先生抱起那个孩子的时候

我的怀里也骤然沉重

怀里有一双使人不能入睡的眼睛

使飞快的舞蹈凋谢

使母亲不再想做母亲

使土地衰老

使爱再真实也不能透明

那眼睛看一眼就不会熄灭

不要否认有一天人类将是一具尸体

像那条躺倒了的山脉，横陈在地平线上

我们创造文明也创造疾病

在古老的墓葬出土时

唯一的领悟是：人类经过我们要延续下去

白骨消融山也遭到腐蚀

这一切既可信又自然

我们该用什么方法活下去

在剪裁欢乐时不要用一把痛苦的剪刀

我们饮水，观赏花卉

在春天旅行

秋天吃新鲜的食品

我们耕种，探望一些美丽的森林

在森林中碰到童话中那些纯洁的女孩

我们相爱的时候还会心跳

我们亲近太阳，亲近月亮

建筑夏夜一些安静的梦

我们会有很多子孙

会在任何一片月光下

熟睡过去

让江河给我们血脉吧
太阳给我们力量
在每一块天空下感觉温暖
体会山的启示
让我们在这颗演绎了亿万年的星球上
活下去
我们会平安

1988 年

与牧羊人

从背后走向你

从火堆的背后

寒衣的背后

从空空的羊铲背后走向你

头上是夜，地上青草

从你抛石的方向来呢

从你迎风高歌的方向来呢

从酒的外面来呢

从大日头的巢中来呢

头上是夜，地上青草

把柴架好，把石子备好
你说，你怀中抱着羊
把酒倒好，把星子摆好
你说，你怀中抱着羊

看它们吃草看它们安睡
看山高你看河低
看火焰多么温顺
看狼背上的草原就是那个远啊

打一块石头
喊一声疼
天底下的草坡
望不见人

把酒割断了
牛角盛满了
把鞭子扬起来
快马赶进心里了

心啊，漂泊中圣洁的心

这永远不散的羊群

这骑手，在歌声中赤裸

这比人长久的青草和火

谁用刀来分割白昼和死活

谁用手把春天安放进花朵

谁在高处站，谁从坡下过

谁的歌把天涯带走

你拨动火，看它明亮

你拨动火，看它温暖

披一披衣裳

背一背风

一朵小花花

就在心中

夜晚的花，普降细语的花

使孤单石头的花

从青草爬上身体的花

它们装饰，使寂寞深闭不开

让酒熄灭，歌声

飞过山脉

叩动灵界的门环

金子的宝座

神睁亮双眼

谁的手抛洒了这些

银河，冰雪，赤道，青青草

被土地放牧的群羊

人类，食物和亡命

牧者啊，我从下界来

从你的背后来，从

你的惩戒来，从你

手指的摆动中来，从

鞭子的那一端来

骑快马，唱豪歌

牧者啊，你开言像河水清洗我

告我如何

羊群如何

黄土如何

命如何

灵如何

牧者啊，你开言像金光照耀我

告我如何

欢乐如何

悲愤如何

果如何

活如何

看青草破开岩石

看风雪赶散群羊

牧者啊！用石子警示我

打我的身子，打我的眼

打我头颅紧锁的黑暗

让我走

让我喊

和羊群追逐草的无边

饮你掘出的水

饮你水中的沉默

朝你面对的方向走呢

朝远处走呢

朝四野走呢

头上是夜，地上青草

1992 年

戴草帽的人

第一章　远行的庄稼

出　走

把影子从墙上移开

门不再声响，屋外阳光在脚下

悄悄闪避

石阶上升，鸟鸣降落

他的河流把他的面具缩小

然后抖动

逝去的水通过眼睛

流出来，变得幽蓝

戴上草帽，把门前的树荫

戴在头上

草帽下是他的脸和故乡

庄　稼

金钗在庄稼上颤动

风携着浓酒

倾入胸怀

阳光的神辇下

庄稼是最结实的道路

你的头颅在麦子之上

毛发和麦芒一起摇摆

咀嚼那些籽粒，言辞的神秘

庄稼上的雨已隐退

云朵像莅临世界的群鸟

飞翔声从天空传到指尖

手垂下，周围布满食物的气味

你的饥饿被无边的麦子填满

看　云

在草地上

收拾美丽的云朵

像收拾家什一样

随意或无意

它们飘游

是一些故事

而我们只能躺在草地上

像一些可怜的木桩

甚至不能像马匹一样奔跑

美丽的云朵变换着位置

它们的亲近和疏离博大而流畅

在这个世界，有很多事情我们不知道

比如说一朵云它的心情和去向

遇到老人

老人走来时

没有起风

天上有块云跟着他

在暗影中，他把身子弯低

他倾斜着陶罐

一滴滴倒出水

嘴里细细地嚼着新鲜的麦粒

映在碗里的眼睛，看着碗中的天

那里晴朗无边

伸出的手上布满沟壑

那上面生长过庄稼

把整年的劳作收起来

总是这样，年年的麦子

一样的香甜

一样的汗水流进嘴里的滋味

稻草人如是说

站立是风景

在成熟的季节，在黄铜的谷物上边

我们站立，摇动掌心

风的言语招摇

唤出的风，把麦子吹黄

我们做着一件事

守护食物，守护天空下排列的谷仓

我们衣衫简朴

妇人们曾在月下缀补

这衣衫的主人现已衰老

在很远的田畴，他久久地看我

认出自已穿这衣裳走过麦地的模样

他不再走近

对着土地深情地叹息

使我流泪

我们在鸟群的心中

在繁杂的辞语中折断手臂

在太阳和麦子中感到温暖

在银河下面，我们的梦是

做一个假人

谷神的教诲

把头放平

看到的天空就是天空

把那些星星细数

听麦子私语

土地在身体下面，它的爱情上升

那是一种光明，比盲者的梦还亮

把眼闭紧

在睫毛下种植

水纹或者哀愁

开垦泥土，等待收获在犁的旁边，流汗

独自走进田野，独自走出

把欢乐交给食物

握紧的手勿使其荒芜

在三月别放过被春雨打湿的机会

劳动，生活就这样一生

第二章　无意中他走进一座城

城 和 人

在街上，在正午流淌盐和口水的道路

在房门外，那些楼房的底下

一些脸张开，眼睛紧闭，脚在方砖上游戏

路人的影子挤进身体，他的痛苦叫声

被你窃听

戴帽子的楼房，固执地占领着阳光

人们的脸半明半暗

把草帽压低，阴影的部分是亲切的故乡

城市的脸上流着泪水

钟声捕捉耳朵

鼻子在瓷砖上呼吸

人们从一座城门而入，翻制相同的脸

他看到一位少女的面容美丽而危险

目光透过他在远处降落，步子

涉禽般文静，踩着楼群的脸和泥泞

走出来时，已经衰老

站在街口，人们无声地走过

黑暗中他抓住一些面孔

那些脸挣扎地看他，而后逃脱

一张婴儿的脸上长出皱纹，学着鸟叫

他想到田野

没有人的田野中的鸟叫

在酒店他的真实或梦

在一瓶酒中饮雨

在手指的前方，灯火和夜兽并行

雨滴降落，中间的一点火焰

滑过手臂在脚下熄灭

饮一口酒，成为主人

潇洒地绕桌而行，那些空荡的杯子

注满了光，有一个声音

在母亲的遥远的怀里啼哭

这是什么地方？

影子：谁从那盏灯的背后出生

姑娘：在白色衣裙里我很瘦弱

哲人：肉体算不得什么

钟馗：我不入地狱谁入地狱

诗人：黑夜需要一盏灯

乞丐：快走吧，把食物留下

数着手指，命运已安布

那个酒幌的飘摇使你心动

从圆桌中突围，闯过烛光

被一支竹筷绊倒，垂下的手被火刃割破

沉下去，草帽上的树荫已不见

雨滴进心里，那里的洼地盛满忧愁

在冬天的雪地

一声狼叫亲近你

为什么不离开？

影子：走进黑夜，我会消失

钟馗：我紧追的那人是我

姑娘：记住，给我打电话

诗人：那盏灯是它明亮的心

哲人：盲人不知灯熄

乞丐：你们快滚，把食物留下

日子被你打开

天空转过头去，灯火的上方

星的聚会，像冷落的市场

你贩卖的东西已经散失

握紧的手指再松开时

开放出冬眠的蟾蜍

这时，你明白确实是那粒芥末

使你打了个喷嚏

街　口

道路慢慢燃尽

行走的人变成烟灰

被弹落在阴沟的铁栅上

傍晚他们爬起来

换上新鲜的衣服

嚼着陈旧的食品

他们养的鱼在眉毛下游动

路过你的草帽

被田野的气味迷惑

他们反身走回去

把牙齿垂下

希望钓到一株麦穗

你的周围危险而宁静

与一座灯柱厮守

它的孤独伏在影子上

熄灭时

你承受的黑暗悄悄离开

第六街道

在第六街道

他听到钟的声音

黑暗打开

蝙蝠飞出

啄食着钟声

一袭白色衣衫飘落

是中午的阳光

他摘下草帽
苍白的脸闪着光芒
走去关那扇门
把手指伸进锁孔
他听到一个声音
是夜在拍他的肩膀

钟和城门

在夜的主人里，深奥的钟
开放寂静，头顶
那些星如密布的铁钉
挂满瓷和石子
你秘密偷食的遥远和独立
此时已深不可及
严肃的星空被拆散
你的手上长出露水
屋顶囚禁离去的愿望

你拍响土地，眼睛睁大
你的心在体外
听到一声相同的叫喊

来自一间屋内的一张床

摘下草帽

毛发中飞出成群的鸟

它们的翎羽在众树背后明亮

渐渐你的眼睛看到一座早上的城门

他的心被麦田的空旷盛满

夜已陈旧，身外的风已陈旧

把天空还给大地

田野向低处流泄，它的尽头山峦升起

一朵流云擦亮东方

钟声坠入深井

群鸦降落，天空因而明亮

在他头顶，一片云正在离去

他听到清澈的大气行进，潜入身体

他的田野在他心胸前面飘浮

空旷的手上布满世间的路

那些尽头在接近时又远离

谁使鸟群消失，使阳光坚硬

在田野在雨的核心

谁的光导引着水，谁的歌声

在收获后把麦田交给疲倦和寂寞

谁在等待，谁从远方赶来

他的心被麦田的空旷盛满

他流水的记忆和凝思

他的站立和悔恨

麦子收完了，他心中没有贮藏一粒庄稼

走进梦，它的入口在那儿

又是什么引导我们走出

生命在那里遗失还是生长

听着风声，宇宙散落在周围

他站立的田垄

有多少人物围绕着发育、消失

这与我们相关的大地，天空

星的图阵，灾难，太阳的情绪和生灵

它的外边又是怎样

麦子割完了

雨还在天空聚集

谁造就的这些？森林，五官，指纹和头发

谁把我们种在泥土上

看流云和明亮

这片不能离开的土地，它的寂寞和亲情

它无言的抚育，它的询问

向低处俯身，走进拾穗人的风景

面对土地，听着遗落的麦粒召唤

无数种子的脸迎过来，那是新的一年

把草帽摘下，把故乡的树荫挂回树上

天空深远的背已被洞穿

把庄稼还给泥土，把泥土还给庄稼

劳动生活。把朴实放回水中，让情意透明

太阳升起来了，在这个世界

太阳升起来了

几 句 话

一九九〇年油印过一本诗集《诗二十一首》，在集后的几句话中曾说："希望这些诗有一个最后的完成，让它们过去，或者换个说法，放我过去。"

诗在那儿时你无法绕开，你想躲开它奔跑，不行。某些人被选择来呈现诗，某些人没有被选择。诗人是被诗抓住了的人，诗的产生更多是诗的主动，不是人力所及。

过了这么多年后，再读这些诗时有一些感受。

我从三十岁开始真正意义上的写诗，有点晚了，生活的经历让我隔过了那种把诗写得像诗的过程。我是一个有农事经验的人，我知道庄稼是种出来的，不种就不出来（我没有什么理论，只有心得，而心得不是容易说出来的，也无法拿出去与人争论）。

要编这本诗集时，已经十余年没有真正意义地写过诗了，但清楚地记得我写过的那些诗。重读时，有回到那一天的感觉，同样的日子过了一遍又一遍——我是那么安静地生活过。

之后，我用其他的文体获得了比诗歌更多的世俗名利，"我依旧那样，一个行窃的人/在圣贤的集市上，踽踽独行"（《独行》）。自己把自己说中了，真就说中了。

这些诗是我那些年所写的很少的一部分，更多的被选下去了。这已经很多了，对吧，不少了，绝对不少。

以上文字是我在 2006 年出诗集时说过的几句话，十多年过去了，我竟没有什么再多的话想说。还有《语录时代的颗粒》《春天》原来是当散文发的，现在看应该是诗。

邹静之

2020 年 3 月

图书在版编目（CIP）数据

邹静之的诗／邹静之著. — 北京：中国文史出版
社，2021.1

（中国专业作家作品典藏文库·邹静之卷）

ISBN 978 - 7 - 5205 - 2266 - 3

Ⅰ．①邹… Ⅱ．①邹… Ⅲ．①诗集 – 中国 – 当代

Ⅳ．①I227

中国版本图书馆 CIP 数据核字（2020）第 174224 号

责任编辑：牟国煜　薛未未

出版发行：**中国文史出版社**

社　　址：北京市海淀区西八里庄路 69 号院　邮编：100142

电　　话：010 - 81136606　81136602　81136603（发行部）

传　　真：010 - 81136655

印　　装：北京新华印刷有限公司

经　　销：全国新华书店

开　　本：720 × 1020　1/16

印　　张：15.5　　字数：165 千字

版　　次：2021 年 1 月第 1 版

印　　次：2021 年 1 月第 1 次印刷

定　　价：56.00 元